Dieses Erinnerungsalbum gehört :

NAME

Stellenbeschreibung formell

Stellenbeschreibung REAL

Abteilung / Team

Etage / Zimmer / Tisch

(nicht) zuständig für

FOTO ODER ZEICHNUNG VON MIR

SOLANGE BIN ICH SCHON DABEI

....

2030

2020

2010

2000

1990

1980

1970

....

Wir hatten............Jahre und............Monate gemeinsam

Zu mir gehören : .... Ehepartner .... Kinder .... Katzen .... Hunde .... Fahrräder .... Autos ....

Gut finde ich :

Ich mache nie :

Weißt Du, dass wir über Dich

Von Dir bleibt

Ich wünsche Dir

Man konnte sich bei Dir sicher sein, dass

Das solltest Du nun machen

Foto´s und andere Erinnerungen

NAME

Stellenbeschreibung formell

Stellenbeschreibung REAL

Abteilung / Team

Etage / Zimmer / Tisch

(nicht) zuständig für

FOTO ODER ZEICHNUNG VON MIR

SOLANGE BIN ICH SCHON DABEI

↑ ....

2030

2020

2010

2000

1990

1980

1970

↓ ....

Wir hatten...........Jahre und...........Monate gemeinsam

Zu mir gehören : .... Ehepartner .... Kinder .... Katzen .... Hunde .... Fahrräder .... Autos ....

Gut finde ich :

Ich mache nie :

Weißt Du, dass wir über Dich

Von Dir bleibt

Ich wünsche Dir

Man konnte sich bei Dir sicher sein, dass

Das solltest Du nun machen

Foto´s und andere Erinnerungen

NAME

Stellenbeschreibung formell

Stellenbeschreibung REAL

Abteilung / Team

Etage / Zimmer / Tisch

(nicht) zuständig für

FOTO ODER ZEICHNUNG VON MIR

SOLANGE BIN ICH SCHON DABEI

....
2030
2020
2010
2000
1990
1980
1970
....

Wir hatten............Jahre und............Monate gemeinsam

Zu mir gehören : .... Ehepartner .... Kinder .... Katzen .... Hunde .... Fahrräder .... Autos ....

Gut finde ich :

Ich mache nie :

Weißt Du, dass wir über Dich

Von Dir bleibt

Ich wünsche Dir

Man konnte sich bei Dir sicher sein, dass

Das solltest Du nun machen

Foto´s und andere Erinnerungen

NAME

Stellenbeschreibung formell

Stellenbeschreibung REAL

Abteilung / Team

Etage / Zimmer / Tisch

(nicht) zuständig für

FOTO ODER ZEICHNUNG VON MIR

....
2030
2020
2010
2000
1990
1980
1970
....

SOLANGE BIN ICH SCHON DABEI

Wir hatten............Jahre und............Monate gemeinsam

Zu mir gehören : .... Ehepartner .... Kinder .... Katzen .... Hunde .... Fahrräder .... Autos ....

Gut finde ich :

Ich mache nie :

Weißt Du, dass wir über Dich

Von Dir bleibt

Ich wünsche Dir

Man konnte sich bei Dir sicher sein, dass

Das solltest Du nun machen

Foto´s und andere Erinnerungen

NAME

Stellenbeschreibung formell

Stellenbeschreibung REAL

Abteilung / Team

Etage / Zimmer / Tisch

(nicht) zuständig für

FOTO ODER ZEICHNUNG VON MIR

SOLANGE BIN ICH SCHON DABEI

....
2030
2020
2010
2000
1990
1980
1970
....

Wir hatten............Jahre und............Monate gemeinsam

Zu mir gehören : .... Ehepartner .... Kinder .... Katzen .... Hunde .... Fahrräder .... Autos ....

Gut finde ich :

Ich mache nie :

Weißt Du, dass wir über Dich

Von Dir bleibt

Ich wünsche Dir

Man konnte sich bei Dir sicher sein, dass

Das solltest Du nun machen

Foto´s und andere Erinnerungen

NAME

Stellenbeschreibung formell

Stellenbeschreibung REAL

Abteilung / Team

Etage / Zimmer / Tisch

(nicht) zuständig für

FOTO ODER ZEICHNUNG VON MIR

SOLANGE BIN ICH SCHON DABEI

↑ ....
2030
2020
2010
2000
1990
1980
1970
↓ ....

Wir hatten............Jahre und...........Monate gemeinsam

Zu mir gehören : .... Ehepartner .... Kinder .... Katzen .... Hunde .... Fahrräder .... Autos ....

Gut finde ich :

Ich mache nie :

Weißt Du, dass wir über Dich

Von Dir bleibt

Ich wünsche Dir

Man konnte sich bei Dir sicher sein, dass

Das solltest Du nun machen

Foto´s und andere Erinnerungen

NAME

Stellenbeschreibung formell

Stellenbeschreibung REAL

Abteilung / Team

Etage / Zimmer / Tisch

(nicht) zuständig für

FOTO ODER ZEICHNUNG VON MIR

SOLANGE BIN ICH SCHON DABEI

....
2030
2020
2010
2000
1990
1980
1970
....

Wir hatten...........Jahre und...........Monate gemeinsam

Zu mir gehören : .... Ehepartner .... Kinder .... Katzen .... Hunde .... Fahrräder .... Autos ....

Gut finde ich :

Ich mache nie :

Weißt Du, dass wir über Dich

Von Dir bleibt

Ich wünsche Dir

Man konnte sich bei Dir sicher sein, dass

Das solltest Du nun machen

Foto´s und andere Erinnerungen

NAME

Stellenbeschreibung formell

Stellenbeschreibung REAL

Abteilung / Team

Etage / Zimmer / Tisch

(nicht) zuständig für

FOTO ODER ZEICHNUNG VON MIR

SOLANGE BIN ICH SCHON DABEI

....
2030
2020
2010
2000
1990
1980
1970
....

Wir hatten............Jahre und............Monate gemeinsam

Zu mir gehören : .... Ehepartner .... Kinder .... Katzen .... Hunde .... Fahrräder .... Autos ....

Gut finde ich :

Ich mache nie :

Weißt Du, dass wir über Dich

Von Dir bleibt

Ich wünsche Dir

Man konnte sich bei Dir sicher sein, dass

Das solltest Du nun machen

Foto´s und andere Erinnerungen

NAME

Stellenbeschreibung formell

Stellenbeschreibung REAL

Abteilung / Team

Etage / Zimmer / Tisch

(nicht) zuständig für

FOTO ODER ZEICHNUNG VON MIR

SOLANGE BIN ICH SCHON DABEI

....
2030
2020
2010
2000
1990
1980
1970
....

Wir hatten............Jahre und...........Monate gemeinsam

Zu mir gehören : .... Ehepartner .... Kinder .... Katzen .... Hunde .... Fahrräder .... Autos ....

Gut finde ich :

Ich mache nie :

Weißt Du, dass wir über Dich

Von Dir bleibt

Ich wünsche Dir

Man konnte sich bei Dir sicher sein, dass

Das solltest Du nun machen

Foto´s und andere Erinnerungen

NAME

Stellenbeschreibung formell

Stellenbeschreibung REAL

Abteilung / Team

Etage / Zimmer / Tisch

(nicht) zuständig für

FOTO ODER ZEICHNUNG VON MIR

SOLANGE BIN ICH SCHON DABEI

....

2030

2020

2010

2000

1990

1980

1970

....

Wir hatten...........Jahre und...........Monate gemeinsam

Zu mir gehören : .... Ehepartner .... Kinder .... Katzen .... Hunde .... Fahrräder .... Autos ....

Gut finde ich :

Ich mache nie :

Weißt Du, dass wir über Dich

Von Dir bleibt

Ich wünsche Dir

Man konnte sich bei Dir sicher sein, dass

Das solltest Du nun machen

Foto´s und andere Erinnerungen

NAME

Stellenbeschreibung formell

Stellenbeschreibung REAL

Abteilung / Team

Etage / Zimmer / Tisch

(nicht) zuständig für

FOTO ODER ZEICHNUNG VON MIR

SOLANGE BIN ICH SCHON DABEI

....
2030
2020
2010
2000
1990
1980
1970
....

Wir hatten............Jahre und...........Monate gemeinsam

Zu mir gehören : .... Ehepartner .... Kinder .... Katzen .... Hunde .... Fahrräder .... Autos ....

Gut finde ich :

Ich mache nie :

Weißt Du, dass wir über Dich

Von Dir bleibt

Ich wünsche Dir

Man konnte sich bei Dir sicher sein, dass

Das solltest Du nun machen

Foto´s und andere Erinnerungen

NAME

Stellenbeschreibung formell

Stellenbeschreibung REAL

Abteilung / Team

Etage / Zimmer / Tisch

(nicht) zuständig für

FOTO ODER ZEICHNUNG VON MIR

SOLANGE BIN ICH SCHON DABEI

↑ ....

2030

2020

2010

2000

1990

1980

1970

↓ ....

Wir hatten............Jahre und............Monate gemeinsam

Zu mir gehören : .... Ehepartner .... Kinder .... Katzen .... Hunde .... Fahrräder .... Autos ....

Gut finde ich :

Ich mache nie :

Weißt Du, dass wir über Dich

Von Dir bleibt

Ich wünsche Dir

Man konnte sich bei Dir sicher sein, dass

Das solltest Du nun machen

Foto´s und andere Erinnerungen

NAME

Stellenbeschreibung formell

Stellenbeschreibung REAL

Abteilung / Team

Etage / Zimmer / Tisch

(nicht) zuständig für

FOTO ODER ZEICHNUNG VON MIR

SOLANGE BIN ICH SCHON DABEI

....
2030
2020
2010
2000
1990
1980
1970
....

Wir hatten............Jahre und............Monate gemeinsam

Zu mir gehören : .... Ehepartner .... Kinder .... Katzen .... Hunde .... Fahrräder .... Autos ....

Gut finde ich :

Ich mache nie :

Weißt Du, dass wir über Dich

Von Dir bleibt

Ich wünsche Dir

Man konnte sich bei Dir sicher sein, dass

Das solltest Du nun machen

Foto´s und andere Erinnerungen

NAME

Stellenbeschreibung formell

Stellenbeschreibung REAL

Abteilung / Team

Etage / Zimmer / Tisch

(nicht) zuständig für

FOTO ODER ZEICHNUNG VON MIR

SOLANGE BIN ICH SCHON DABEI

↑ ....
2030
2020
2010
2000
1990
1980
1970
↓ ....

Wir hatten............Jahre und............Monate gemeinsam

Zu mir gehören : .... Ehepartner .... Kinder .... Katzen .... Hunde .... Fahrräder .... Autos ....

Gut finde ich :

Ich mache nie :

Weißt Du, dass wir über Dich

Von Dir bleibt

Ich wünsche Dir

Man konnte sich bei Dir sicher sein, dass

Das solltest Du nun machen

Foto´s und andere Erinnerungen

NAME

Stellenbeschreibung formell

Stellenbeschreibung REAL

Abteilung / Team

Etage / Zimmer / Tisch

(nicht) zuständig für

FOTO ODER ZEICHNUNG VON MIR

SOLANGE BIN ICH SCHON DABEI

↑ ....

2030

2020

2010

2000

1990

1980

1970

↓ ....

Wir hatten............Jahre und............Monate gemeinsam

Zu mir gehören : .... Ehepartner .... Kinder .... Katzen .... Hunde .... Fahrräder .... Autos ....

Gut finde ich :

Ich mache nie :

Weißt Du, dass wir über Dich

Von Dir bleibt

Ich wünsche Dir

Man konnte sich bei Dir sicher sein, dass

Das solltest Du nun machen

Foto´s und andere Erinnerungen

NAME

Stellenbeschreibung formell

Stellenbeschreibung REAL

Abteilung / Team

Etage / Zimmer / Tisch

(nicht) zuständig für

FOTO ODER ZEICHNUNG VON MIR

SOLANGE BIN ICH SCHON DABEI

....
2030
2020
2010
2000
1990
1980
1970
....

Wir hatten...........Jahre und...........Monate gemeinsam

Zu mir gehören : .... Ehepartner .... Kinder .... Katzen .... Hunde .... Fahrräder .... Autos ....

Gut finde ich :

Ich mache nie :

Weißt Du, dass wir über Dich

Von Dir bleibt

Ich wünsche Dir

Man konnte sich bei Dir sicher sein, dass

Das solltest Du nun machen

Foto´s und andere Erinnerungen

NAME

Stellenbeschreibung formell

Stellenbeschreibung REAL

Abteilung / Team

Etage / Zimmer / Tisch

(nicht) zuständig für

FOTO ODER ZEICHNUNG VON MIR

SOLANGE BIN ICH SCHON DABEI

....
2030
2020
2010
2000
1990
1980
1970
....

Wir hatten...........Jahre und...........Monate gemeinsam

Zu mir gehören : .... Ehepartner .... Kinder .... Katzen .... Hunde .... Fahrräder .... Autos ....

Gut finde ich :

Ich mache nie :

Weißt Du, dass wir über Dich

Von Dir bleibt

Ich wünsche Dir

Man konnte sich bei Dir sicher sein, dass

Das solltest Du nun machen

Foto´s und andere Erinnerungen

NAME

Stellenbeschreibung formell

Stellenbeschreibung REAL

Abteilung / Team

Etage / Zimmer / Tisch

(nicht) zuständig für

FOTO ODER ZEICHNUNG VON MIR

SOLANGE BIN ICH SCHON DABEI

....
2030
2020
2010
2000
1990
1980
1970
....

Wir hatten............Jahre und............Monate gemeinsam

Zu mir gehören : .... Ehepartner .... Kinder .... Katzen .... Hunde .... Fahrräder .... Autos ....

Gut finde ich :

Ich mache nie :

Weißt Du, dass wir über Dich

Von Dir bleibt

Ich wünsche Dir

Man konnte sich bei Dir sicher sein, dass

Das solltest Du nun machen

Foto´s und andere Erinnerungen

NAME

Stellenbeschreibung formell

Stellenbeschreibung REAL

Abteilung / Team

Etage / Zimmer / Tisch

(nicht) zuständig für

FOTO ODER ZEICHNUNG VON MIR

SOLANGE BIN ICH SCHON DABEI

↑ ....

2030

2020

2010

2000

1990

1980

1970

↓ ....

Wir hatten............Jahre und............Monate gemeinsam

Zu mir gehören : .... Ehepartner .... Kinder .... Katzen .... Hunde .... Fahrräder .... Autos ....

Gut finde ich :

Ich mache nie :

Weißt Du, dass wir über Dich

Von Dir bleibt

Ich wünsche Dir

Man konnte sich bei Dir sicher sein, dass

Das solltest Du nun machen

Foto´s und andere Erinnerungen

NAME

Stellenbeschreibung formell

Stellenbeschreibung REAL

Abteilung / Team

Etage / Zimmer / Tisch

(nicht) zuständig für

FOTO ODER ZEICHNUNG VON MIR

SOLANGE BIN ICH SCHON DABEI

....

2030

2020

2010

2000

1990

1980

1970

....

Wir hatten............Jahre und............Monate gemeinsam

Zu mir gehören : .... Ehepartner .... Kinder .... Katzen .... Hunde .... Fahrräder .... Autos ....

Gut finde ich :

Ich mache nie :

Weißt Du, dass wir über Dich

Von Dir bleibt

Ich wünsche Dir

Man konnte sich bei Dir sicher sein, dass

Das solltest Du nun machen

Foto´s und andere Erinnerungen

NAME

Stellenbeschreibung formell

Stellenbeschreibung REAL

Abteilung / Team

Etage / Zimmer / Tisch

(nicht) zuständig für

FOTO ODER ZEICHNUNG VON MIR

SOLANGE BIN ICH SCHON DABEI

....
2030
2020
2010
2000
1990
1980
1970
....

Wir hatten............Jahre und...........Monate gemeinsam

Zu mir gehören : .... Ehepartner .... Kinder .... Katzen .... Hunde .... Fahrräder .... Autos ....

Gut finde ich :

Ich mache nie :

Weißt Du, dass wir über Dich

Von Dir bleibt

Ich wünsche Dir

Man konnte sich bei Dir sicher sein, dass

Das solltest Du nun machen

Foto´s und andere Erinnerungen

NAME

Stellenbeschreibung formell

Stellenbeschreibung REAL

Abteilung / Team

Etage / Zimmer / Tisch

(nicht) zuständig für

FOTO ODER ZEICHNUNG VON MIR

SOLANGE BIN ICH SCHON DABEI

....
2030
2020
2010
2000
1990
1980
1970
....

Wir hatten............Jahre und............Monate gemeinsam

Zu mir gehören : .... Ehepartner .... Kinder .... Katzen .... Hunde .... Fahrräder .... Autos ....

Gut finde ich :

Ich mache nie :

Weißt Du, dass wir über Dich

Von Dir bleibt

Ich wünsche Dir

Man konnte sich bei Dir sicher sein, dass

Das solltest Du nun machen

Foto´s und andere Erinnerungen

NAME

Stellenbeschreibung formell

Stellenbeschreibung REAL

Abteilung / Team

Etage / Zimmer / Tisch

(nicht) zuständig für

FOTO ODER ZEICHNUNG VON MIR

SOLANGE BIN ICH SCHON DABEI

↑ ....
2030
2020
2010
2000
1990
1980
1970
↓ ....

Wir hatten............Jahre und...........Monate gemeinsam

Zu mir gehören : .... Ehepartner .... Kinder .... Katzen .... Hunde .... Fahrräder .... Autos ....

Gut finde ich :

Ich mache nie :

Weißt Du, dass wir über Dich

Von Dir bleibt

Ich wünsche Dir

Man konnte sich bei Dir sicher sein, dass

Das solltest Du nun machen

Foto´s und andere Erinnerungen

NAME

Stellenbeschreibung formell

Stellenbeschreibung REAL

Abteilung / Team

Etage / Zimmer / Tisch

(nicht) zuständig für

FOTO ODER ZEICHNUNG VON MIR

SOLANGE BIN ICH SCHON DABEI

....
2030
2020
2010
2000
1990
1980
1970
....

Wir hatten...........Jahre und...........Monate gemeinsam

Zu mir gehören : .... Ehepartner .... Kinder .... Katzen .... Hunde .... Fahrräder .... Autos ....

Gut finde ich :

Ich mache nie :

Weißt Du, dass wir über Dich

Von Dir bleibt

Ich wünsche Dir

Man konnte sich bei Dir sicher sein, dass

Das solltest Du nun machen

Foto´s und andere Erinnerungen

NAME

Stellenbeschreibung formell

Stellenbeschreibung REAL

Abteilung / Team

Etage / Zimmer / Tisch

(nicht) zuständig für

FOTO ODER ZEICHNUNG VON MIR

SOLANGE BIN ICH SCHON DABEI

....
2030
2020
2010
2000
1990
1980
1970
....

Wir hatten............Jahre und............Monate gemeinsam

Zu mir gehören : .... Ehepartner .... Kinder .... Katzen .... Hunde .... Fahrräder .... Autos ....

Gut finde ich :

Ich mache nie :

Weißt Du, dass wir über Dich

Von Dir bleibt

Ich wünsche Dir

Man konnte sich bei Dir sicher sein, dass

Das solltest Du nun machen

Foto´s und andere Erinnerungen

NAME

Stellenbeschreibung formell

Stellenbeschreibung REAL

Abteilung / Team

Etage / Zimmer / Tisch

(nicht) zuständig für

FOTO ODER ZEICHNUNG VON MIR

SOLANGE BIN ICH SCHON DABEI

....

2030

2020

2010

2000

1990

1980

1970

....

Wir hatten............Jahre und...........Monate gemeinsam

Zu mir gehören : .... Ehepartner .... Kinder .... Katzen .... Hunde .... Fahrräder .... Autos ....

Gut finde ich :

Ich mache nie :

Weißt Du, dass wir über Dich

Von Dir bleibt

Ich wünsche Dir

Man konnte sich bei Dir sicher sein, dass

Das solltest Du nun machen

Foto´s und andere Erinnerungen

NAME

Stellenbeschreibung formell

Stellenbeschreibung REAL

Abteilung / Team

Etage / Zimmer / Tisch

(nicht) zuständig für

FOTO ODER ZEICHNUNG VON MIR

SOLANGE BIN ICH SCHON DABEI

....
2030
2020
2010
2000
1990
1980
1970
....

Wir hatten............Jahre und...........Monate gemeinsam

Zu mir gehören : .... Ehepartner .... Kinder .... Katzen .... Hunde .... Fahrräder .... Autos ....

Gut finde ich :

Ich mache nie :

Weißt Du, dass wir über Dich

Von Dir bleibt

Ich wünsche Dir

Man konnte sich bei Dir sicher sein, dass

Das solltest Du nun machen

Foto´s und andere Erinnerungen

NAME

Stellenbeschreibung formell

Stellenbeschreibung REAL

Abteilung / Team

Etage / Zimmer / Tisch

(nicht) zuständig für

FOTO ODER ZEICHNUNG VON MIR

SOLANGE BIN ICH SCHON DABEI

....

2030

2020

2010

2000

1990

1980

1970

....

Wir hatten............Jahre und............Monate gemeinsam

Zu mir gehören : .... Ehepartner .... Kinder .... Katzen .... Hunde .... Fahrräder .... Autos ....

Gut finde ich :

Ich mache nie :

Weißt Du, dass wir über Dich

Von Dir bleibt

Ich wünsche Dir

Man konnte sich bei Dir sicher sein, dass

Das solltest Du nun machen

Foto´s und andere Erinnerungen

NAME

Stellenbeschreibung formell

Stellenbeschreibung REAL

Abteilung / Team

Etage / Zimmer / Tisch

(nicht) zuständig für

FOTO ODER ZEICHNUNG VON MIR

SOLANGE BIN ICH SCHON DABEI

....
2030
2020
2010
2000
1990
1980
1970
....

Wir hatten............Jahre und............Monate gemeinsam

Zu mir gehören : .... Ehepartner .... Kinder .... Katzen .... Hunde .... Fahrräder .... Autos ....

Gut finde ich :

Ich mache nie :

Weißt Du, dass wir über Dich

Von Dir bleibt

Ich wünsche Dir

Man konnte sich bei Dir sicher sein, dass

Das solltest Du nun machen

Foto´s und andere Erinnerungen

NAME

Stellenbeschreibung formell

Stellenbeschreibung REAL

Abteilung / Team

Etage / Zimmer / Tisch

(nicht) zuständig für

FOTO ODER ZEICHNUNG VON MIR

SOLANGE BIN ICH SCHON DABEI

....
2030
2020
2010
2000
1990
1980
1970
....

Wir hatten............Jahre und............Monate gemeinsam

Zu mir gehören : .... Ehepartner .... Kinder .... Katzen .... Hunde .... Fahrräder .... Autos ....

Gut finde ich :

Ich mache nie :

Weißt Du, dass wir über Dich

Von Dir bleibt

Ich wünsche Dir

Man konnte sich bei Dir sicher sein, dass

Das solltest Du nun machen

Foto´s und andere Erinnerungen

NAME

Stellenbeschreibung formell

Stellenbeschreibung REAL

Abteilung / Team

Etage / Zimmer / Tisch

(nicht) zuständig für

FOTO ODER ZEICHNUNG VON MIR

SOLANGE BIN ICH SCHON DABEI

....
2030
2020
2010
2000
1990
1980
1970
....

Wir hatten............Jahre und............Monate gemeinsam

Zu mir gehören : .... Ehepartner .... Kinder .... Katzen .... Hunde .... Fahrräder .... Autos ....

Gut finde ich :

Ich mache nie :

Weißt Du, dass wir über Dich

Von Dir bleibt

Ich wünsche Dir

Man konnte sich bei Dir sicher sein, dass

Das solltest Du nun machen

Foto´s und andere Erinnerungen

NAME

Stellenbeschreibung formell

Stellenbeschreibung REAL

Abteilung / Team

Etage / Zimmer / Tisch

(nicht) zuständig für

FOTO ODER ZEICHNUNG VON MIR

SOLANGE BIN ICH SCHON DABEI

....
2030
2020
2010
2000
1990
1980
1970
....

Wir hatten............Jahre und............Monate gemeinsam

Zu mir gehören : .... Ehepartner .... Kinder .... Katzen .... Hunde .... Fahrräder .... Autos ....

Gut finde ich :

Ich mache nie :

Weißt Du, dass wir über Dich

Von Dir bleibt

Ich wünsche Dir

Man konnte sich bei Dir sicher sein, dass

Das solltest Du nun machen

Foto´s und andere Erinnerungen

NAME

Stellenbeschreibung formell

Stellenbeschreibung REAL

Abteilung / Team

Etage / Zimmer / Tisch

(nicht) zuständig für

FOTO ODER ZEICHNUNG VON MIR

SOLANGE BIN ICH SCHON DABEI

....
2030
2020
2010
2000
1990
1980
1970
....

Wir hatten............Jahre und............Monate gemeinsam

Zu mir gehören : .... Ehepartner .... Kinder .... Katzen .... Hunde .... Fahrräder .... Autos ....

Gut finde ich :

Ich mache nie :

Weißt Du, dass wir über Dich

Von Dir bleibt

Ich wünsche Dir

Man konnte sich bei Dir sicher sein, dass

Das solltest Du nun machen

Foto´s und andere Erinnerungen

NAME

Stellenbeschreibung formell

Stellenbeschreibung REAL

Abteilung / Team

Etage / Zimmer / Tisch

(nicht) zuständig für

FOTO ODER ZEICHNUNG VON MIR

....
2030
2020
2010
2000
1990
1980
1970
....

SOLANGE BIN ICH SCHON DABEI

Wir hatten...........Jahre und...........Monate gemeinsam

Zu mir gehören : .... Ehepartner .... Kinder .... Katzen .... Hunde .... Fahrräder .... Autos ....

Gut finde ich :

Ich mache nie :

Weißt Du, dass wir über Dich

Von Dir bleibt

Ich wünsche Dir

Man konnte sich bei Dir sicher sein, dass

Das solltest Du nun machen

Foto´s und andere Erinnerungen

NAME

Stellenbeschreibung formell

Stellenbeschreibung REAL

Abteilung / Team

Etage / Zimmer / Tisch

(nicht) zuständig für

FOTO ODER ZEICHNUNG VON MIR

SOLANGE BIN ICH SCHON DABEI

....
2030
2020
2010
2000
1990
1980
1970
....

Wir hatten............Jahre und............Monate gemeinsam

Zu mir gehören : .... Ehepartner .... Kinder .... Katzen .... Hunde .... Fahrräder .... Autos ....

Gut finde ich :

Ich mache nie :

Weißt Du, dass wir über Dich

Von Dir bleibt

Ich wünsche Dir

Man konnte sich bei Dir sicher sein, dass

Das solltest Du nun machen

Foto´s und andere Erinnerungen

NAME

Stellenbeschreibung formell

Stellenbeschreibung REAL

Abteilung / Team

Etage / Zimmer / Tisch

(nicht) zuständig für

FOTO ODER ZEICHNUNG VON MIR

SOLANGE BIN ICH SCHON DABEI

....
2030
2020
2010
2000
1990
1980
1970
....

Wir hatten............Jahre und............Monate gemeinsam

Zu mir gehören : .... Ehepartner .... Kinder .... Katzen .... Hunde .... Fahrräder .... Autos ....

Gut finde ich :

Ich mache nie :

Weißt Du, dass wir über Dich

Von Dir bleibt

Ich wünsche Dir

Man konnte sich bei Dir sicher sein, dass

Das solltest Du nun machen

Foto´s und andere Erinnerungen

NAME

Stellenbeschreibung formell

Stellenbeschreibung REAL

Abteilung / Team

Etage / Zimmer / Tisch

(nicht) zuständig für

FOTO ODER ZEICHNUNG VON MIR

SOLANGE BIN ICH SCHON DABEI

....

2030

2020

2010

2000

1990

1980

1970

....

Wir hatten............Jahre und............Monate gemeinsam

Zu mir gehören : .... Ehepartner .... Kinder .... Katzen .... Hunde .... Fahrräder .... Autos ....

Gut finde ich :

Ich mache nie :

Weißt Du, dass wir über Dich

Von Dir bleibt

Ich wünsche Dir

Man konnte sich bei Dir sicher sein, dass

Das solltest Du nun machen

Foto´s und andere Erinnerungen

NAME

Stellenbeschreibung formell

Stellenbeschreibung REAL

Abteilung / Team

Etage / Zimmer / Tisch

(nicht) zuständig für

FOTO ODER ZEICHNUNG VON MIR

SOLANGE BIN ICH SCHON DABEI

↑ ....
2030
2020
2010
2000
1990
1980
1970
↓ ....

Wir hatten............Jahre und............Monate gemeinsam

Zu mir gehören : .... Ehepartner .... Kinder .... Katzen .... Hunde .... Fahrräder .... Autos ....

Gut finde ich :

Ich mache nie :

Weißt Du, dass wir über Dich

Von Dir bleibt

Ich wünsche Dir

Man konnte sich bei Dir sicher sein, dass

Das solltest Du nun machen

Foto´s und andere Erinnerungen

NAME

Stellenbeschreibung formell

Stellenbeschreibung REAL

Abteilung / Team

Etage / Zimmer / Tisch

(nicht) zuständig für

FOTO ODER ZEICHNUNG VON MIR

SOLANGE BIN ICH SCHON DABEI

....
2030
2020
2010
2000
1990
1980
1970
....

Wir hatten............Jahre und............Monate gemeinsam

Zu mir gehören : .... Ehepartner .... Kinder .... Katzen .... Hunde .... Fahrräder .... Autos ....

Gut finde ich :

Ich mache nie :

Weißt Du, dass wir über Dich

Von Dir bleibt

Ich wünsche Dir

Man konnte sich bei Dir sicher sein, dass

Das solltest Du nun machen

Foto´s und andere Erinnerungen

NAME

Stellenbeschreibung formell

Stellenbeschreibung REAL

Abteilung / Team

Etage / Zimmer / Tisch

(nicht) zuständig für

FOTO ODER ZEICHNUNG VON MIR

SOLANGE BIN ICH SCHON DABEI

....

2030

2020

2010

2000

1990

1980

1970

....

Wir hatten............Jahre und............Monate gemeinsam

Zu mir gehören : .... Ehepartner .... Kinder .... Katzen .... Hunde .... Fahrräder .... Autos ....

Gut finde ich :

Ich mache nie :

Weißt Du, dass wir über Dich

Von Dir bleibt

Ich wünsche Dir

Man konnte sich bei Dir sicher sein, dass

Das solltest Du nun machen

Foto´s und andere Erinnerungen

NAME

Stellenbeschreibung formell

Stellenbeschreibung REAL

Abteilung / Team

Etage / Zimmer / Tisch

(nicht) zuständig für

FOTO ODER ZEICHNUNG VON MIR

SOLANGE BIN ICH SCHON DABEI

↑ ....

2030

2020

2010

2000

1990

1980

1970

↓ ....

Wir hatten............Jahre und............Monate gemeinsam

Zu mir gehören : .... Ehepartner .... Kinder .... Katzen .... Hunde .... Fahrräder .... Autos ....

Gut finde ich :

Ich mache nie :

Weißt Du, dass wir über Dich

Von Dir bleibt

Ich wünsche Dir

Man konnte sich bei Dir sicher sein, dass

Das solltest Du nun machen

Foto´s und andere Erinnerungen

NAME

Stellenbeschreibung formell

Stellenbeschreibung REAL

Abteilung / Team

Etage / Zimmer / Tisch

(nicht) zuständig für

FOTO ODER ZEICHNUNG VON MIR

SOLANGE BIN ICH SCHON DABEI

....
2030
2020
2010
2000
1990
1980
1970
....

Wir hatten............Jahre und...........Monate gemeinsam

Zu mir gehören : .... Ehepartner .... Kinder .... Katzen .... Hunde .... Fahrräder .... Autos ....

Gut finde ich :

Ich mache nie :

Weißt Du, dass wir über Dich

Von Dir bleibt

Ich wünsche Dir

Man konnte sich bei Dir sicher sein, dass

Das solltest Du nun machen

Foto´s und andere Erinnerungen

NAME

Stellenbeschreibung formell

Stellenbeschreibung REAL

Abteilung / Team

Etage / Zimmer / Tisch

(nicht) zuständig für

FOTO ODER ZEICHNUNG VON MIR

SOLANGE BIN ICH SCHON DABEI

....
2030
2020
2010
2000
1990
1980
1970
....

Wir hatten............Jahre und............Monate gemeinsam

Zu mir gehören : .... Ehepartner .... Kinder .... Katzen .... Hunde .... Fahrräder .... Autos ....

Gut finde ich :

Ich mache nie :

Weißt Du, dass wir über Dich

Von Dir bleibt

Ich wünsche Dir

Man konnte sich bei Dir sicher sein, dass

Das solltest Du nun machen

Foto´s und andere Erinnerungen

NAME

Stellenbeschreibung formell

Stellenbeschreibung REAL

Abteilung / Team

Etage / Zimmer / Tisch

(nicht) zuständig für

FOTO ODER ZEICHNUNG VON MIR

SOLANGE BIN ICH SCHON DABEI

....
2030
2020
2010
2000
1990
1980
1970
....

Wir hatten............Jahre und............Monate gemeinsam

Zu mir gehören : .... Ehepartner .... Kinder .... Katzen .... Hunde .... Fahrräder .... Autos ....

Gut finde ich :

Ich mache nie :

Weißt Du, dass wir über Dich

Von Dir bleibt

Ich wünsche Dir

Man konnte sich bei Dir sicher sein, dass

Das solltest Du nun machen

Foto´s und andere Erinnerungen

NAME

Stellenbeschreibung formell

Stellenbeschreibung REAL

Abteilung / Team

Etage / Zimmer / Tisch

(nicht) zuständig für

FOTO ODER ZEICHNUNG VON MIR

SOLANGE BIN ICH SCHON DABEI

....
2030
2020
2010
2000
1990
1980
1970
....

Wir hatten............Jahre und............Monate gemeinsam

Zu mir gehören : .... Ehepartner .... Kinder .... Katzen .... Hunde .... Fahrräder .... Autos ....

Gut finde ich :

Ich mache nie :

Weißt Du, dass wir über Dich

Von Dir bleibt

Ich wünsche Dir

Man konnte sich bei Dir sicher sein, dass

Das solltest Du nun machen

Foto´s und andere Erinnerungen

NAME

Stellenbeschreibung formell

Stellenbeschreibung REAL

Abteilung / Team

Etage / Zimmer / Tisch

(nicht) zuständig für

FOTO ODER ZEICHNUNG VON MIR

SOLANGE BIN ICH SCHON DABEI

....
2030
2020
2010
2000
1990
1980
1970
....

Wir hatten...........Jahre und...........Monate gemeinsam

Zu mir gehören : .... Ehepartner .... Kinder .... Katzen .... Hunde .... Fahrräder .... Autos ....

Gut finde ich :

Ich mache nie :

Weißt Du, dass wir über Dich

Von Dir bleibt

Ich wünsche Dir

Man konnte sich bei Dir sicher sein, dass

Das solltest Du nun machen

Foto´s und andere Erinnerungen

NAME

Stellenbeschreibung formell

Stellenbeschreibung REAL

Abteilung / Team

Etage / Zimmer / Tisch

(nicht) zuständig für

FOTO ODER ZEICHNUNG VON MIR

SOLANGE BIN ICH SCHON DABEI

....
2030
2020
2010
2000
1990
1980
1970
....

Wir hatten............Jahre und............Monate gemeinsam

Zu mir gehören : .... Ehepartner .... Kinder .... Katzen .... Hunde .... Fahrräder .... Autos ....

Gut finde ich :

Ich mache nie :

Weißt Du, dass wir über Dich

Von Dir bleibt

Ich wünsche Dir

Man konnte sich bei Dir sicher sein, dass

Das solltest Du nun machen

Foto´s und andere Erinnerungen

NAME

Stellenbeschreibung formell

Stellenbeschreibung REAL

Abteilung / Team

Etage / Zimmer / Tisch

(nicht) zuständig für

FOTO ODER ZEICHNUNG VON MIR

SOLANGE BIN ICH SCHON DABEI

....
2030
2020
2010
2000
1990
1980
1970
....

Wir hatten............Jahre und............Monate gemeinsam

Zu mir gehören : .... Ehepartner .... Kinder .... Katzen .... Hunde .... Fahrräder .... Autos ....

Gut finde ich :

Ich mache nie :

Weißt Du, dass wir über Dich

Von Dir bleibt

Ich wünsche Dir

Man konnte sich bei Dir sicher sein, dass

Das solltest Du nun machen

Foto´s und andere Erinnerungen

NAME

Stellenbeschreibung formell

Stellenbeschreibung REAL

Abteilung / Team

Etage / Zimmer / Tisch

(nicht) zuständig für

FOTO ODER ZEICHNUNG VON MIR

SOLANGE BIN ICH SCHON DABEI

....
2030
2020
2010
2000
1990
1980
1970
....

Wir hatten............Jahre und............Monate gemeinsam

Zu mir gehören : .... Ehepartner .... Kinder .... Katzen .... Hunde .... Fahrräder .... Autos ....

Gut finde ich :

Ich mache nie :

Weißt Du, dass wir über Dich

Von Dir bleibt

Ich wünsche Dir

Man konnte sich bei Dir sicher sein, dass

Das solltest Du nun machen

Foto´s und andere Erinnerungen

NAME

Stellenbeschreibung formell

Stellenbeschreibung REAL

Abteilung / Team

Etage / Zimmer / Tisch

(nicht) zuständig für

FOTO ODER ZEICHNUNG VON MIR

SOLANGE BIN ICH SCHON DABEI

....
2030
2020
2010
2000
1990
1980
1970
....

Wir hatten............Jahre und............Monate gemeinsam

Zu mir gehören : .... Ehepartner .... Kinder .... Katzen .... Hunde .... Fahrräder .... Autos ....

Gut finde ich :

Ich mache nie :

Weißt Du, dass wir über Dich

Von Dir bleibt

Ich wünsche Dir

Man konnte sich bei Dir sicher sein, dass

Das solltest Du nun machen

Foto´s und andere Erinnerungen

NAME

Stellenbeschreibung formell

Stellenbeschreibung REAL

Abteilung / Team

Etage / Zimmer / Tisch

(nicht) zuständig für

FOTO ODER ZEICHNUNG VON MIR

SOLANGE BIN ICH SCHON DABEI

....
2030
2020
2010
2000
1990
1980
1970
....

Wir hatten............Jahre und............Monate gemeinsam

Zu mir gehören : .... Ehepartner .... Kinder .... Katzen .... Hunde .... Fahrräder .... Autos ....

Gut finde ich :

Ich mache nie :

Weißt Du, dass wir über Dich

Von Dir bleibt

Ich wünsche Dir

Man konnte sich bei Dir sicher sein, dass

Das solltest Du nun machen

Foto´s und andere Erinnerungen

NAME

Stellenbeschreibung formell

Stellenbeschreibung REAL

Abteilung / Team

Etage / Zimmer / Tisch

(nicht) zuständig für

FOTO ODER ZEICHNUNG VON MIR

SOLANGE BIN ICH SCHON DABEI

....
2030
2020
2010
2000
1990
1980
1970
....

Wir hatten............Jahre und............Monate gemeinsam

Zu mir gehören : .... Ehepartner .... Kinder .... Katzen .... Hunde .... Fahrräder .... Autos ....

Gut finde ich :

Ich mache nie :

Weißt Du, dass wir über Dich

Von Dir bleibt

Ich wünsche Dir

Man konnte sich bei Dir sicher sein, dass

Das solltest Du nun machen

Foto´s und andere Erinnerungen

NAME

Stellenbeschreibung formell

Stellenbeschreibung REAL

Abteilung / Team

Etage / Zimmer / Tisch

(nicht) zuständig für

FOTO ODER ZEICHNUNG VON MIR

SOLANGE BIN ICH SCHON DABEI

....
2030
2020
2010
2000
1990
1980
1970
....

Wir hatten............Jahre und............Monate gemeinsam

Zu mir gehören : .... Ehepartner .... Kinder .... Katzen .... Hunde .... Fahrräder .... Autos ....

Gut finde ich :

Ich mache nie :

Weißt Du, dass wir über Dich

Von Dir bleibt

Ich wünsche Dir

Man konnte sich bei Dir sicher sein, dass

Das solltest Du nun machen

Foto´s und andere Erinnerungen

Impressum :
Michael Reiter
Zinnwalder Steig 7a
12355 Berlin

E - Mail : mire-publishing@gmail.com

Printed in Germany
by Amazon Distribution
GmbH, Leipzig

30664573R00063